Casseta & Planeta

O ENORME LIVRO DOS PENSAMENTOS DE CASSETA & PLANETA

ubook
UBK Publishing House

CAPA E PROJETO GRÁFICO Bruno Santos
IMAGEM DE CAPA Nando Chagas

Dados Internacionais de Catalogação na Publicação (CIP)
(Câmara Brasileira do Livro, SP, Brasil)

O Enorme livro dos pensamentos de Casseta & Planeta / Claudio Manoel...[et al.]. -- Rio de Janeiro : Ubook Editora, 2019.

Outros autores: Hubert, Marcelo Madureira, Beto Silva, Helio de la Peña.
ISBN 978-85-9556-122-9

1. Casseta & Planeta - Humor, satira etc. 2. Frases 3. Humorismo brasileiro 4. Literatura brasileira - Miscelânea I. Manoel, Claudio. II. Hubert. III. Madureira, Marcelo. IV. Silva, Beto. V. de la Peña, Hélio.

19-30724 CDD-B869.7

Ubook Editora S.A

Av. das Américas, 500, Bloco 12, Salas 303/304,
Barra da Tijuca, Rio de Janeiro/RJ.
Cep.: 22.640-100
Tel.: (21) 3570-8150

PREFÁCIO

Desde que foi lançado o primeiro livro de pensamentos de Casseta & Planeta muitos acontecimentos misteriosos aconteceram. Esse livro transformou a vida de muita gente.

O desempregado Josué da Silva leu apenas alguns pensamentos do livro e num momento de iluminação perguntou para si mesmo: "Como é que estou lendo se sou analfabeto?". A partir daí sua cabeça foi inundada por uma luz misteriosa e hoje ele é o feliz proprietário de uma igreja evangélica novinha.

O político José das Couves citou uma das frases do livro num debate e ganhou instantaneamente 30 milhões de votos, conseguindo se eleger deputado federal. Foi preso pela Lava Jato, mas continua lendo diariamente os pensamentos de Casseta & planeta na sua cela, em Curitiba.

Já o traficante Josimar Estelionato está lendo o livro em seu retiro em Bangu I e há mais de uma semana deixou de ser a mulherzinha da cela.

O cidadão Luis Edmilson das Dores recebeu o livro pelo correio, comprou quarenta exemplares e enviou para quarenta amigos e, graças a isso, recebeu uma porrada da mulher por ter gasto todo o dinheiro da feira em bobagem.

O paraplégico José Miranda Valverde comprou um exemplar, foi para casa, largou o livro num canto e cagou e andou, como que por milagre.

O *enorme livro de pensamentos de Casseta & Planeta* — a

revanche, tem ainda mais poderes de cura do que o primeiro livro da série. Porque contém o aditivo SPX com flúor, permitindo uma risada mais bonita e um hálito muito mais refrescante.

PRÉ-DIFÍCIL

Desde que Adorno, Benjamin e Versolato estabeleceram a dicotomia fundamental Casseta &/ou Planeta, o pensamento ocidental passa por uma ruptura estruturo-lipo-aspirada. Já Lacan e Derrida veem na desestruturação pós-coital da obra cassetiana &/ou planetiana uma síntese da opulescência da condição humana. Em outras palavras: mijou sentado e não é sapo, tô comendo.

Aviso aos leitores:

Não é preciso ler este livro para se dar bem. Basta comprá-lo.

Aviso aos leitores analfabetos:

Para sua comodidade, neste livro foram utilizadas apenas 26 letras. a saber:

A B C D E F G H I J K L M N O P Q R S T U V W X Y Z.

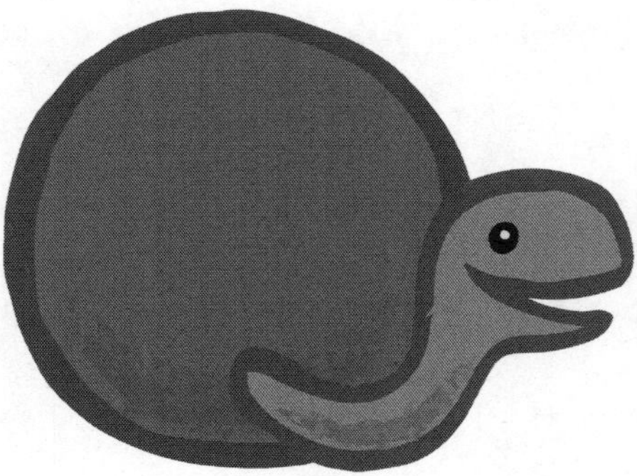

CENAS DO LIVRO ANTERIOR

Para melhor compreensão deste livro publicamos aqui um pequeno resumo das frases do livro anterior intitulado O grande livro de pensamentos de Casseta & Planeta. Sem o entendimento dessas frases, a leitura do livro que está em suas mãos se torna completamente impossível:

Se merda fosse dinheiro, todo mundo ia dispensar o troco.

Não tenho tudo que amo. Mas um muambeiro de Miami ficou de me arrumar.

Liberdade é passar a mão na bunda do guarda.

ADOLESCÊNCIA, A IDADE DAS ESPINHAS

Aos dezoito anos o homem pode votar, dirigir e servir à pátria. Mas comer alguém que é bom, até agora nada.

Os adolescentes se preocupam à toa. Então eles não sabem que um dia você pode até não trepar, mas, em compensação, no outro dia você não come ninguém.

Adolescente, o futuro está em suas mãos. Vai lavar essa mão, seu porco!

A passagem para a vida adulta não pode ser traumática. Muitas adolescentes precisam reviver os bons momentos da infância, brincando de boneca ou sentando nelas.

Os filhos sempre pensam que seus pais cagam dinheiro. Isso porque a mesada deles costuma ser uma merda.

Quando completam dezoito anos os adolescentes já estão aptos a decidir o que vão ser na vida: menino ou menina.

Alguns adolescentes superaram seus problemas com a acne. Usam as espinhas pra ralar coco.

APERTEM OS CINTOS, O SALÁRIO SUMIU!

Com os salários do jeito que estão, os trabalhadores não estão conseguindo nem pagar o mico.

No outono, até as folhas de pagamento caem.

Basta de pouca vergonha. Até os aposentados já querem receber sem trabalhar.

O cálculo do salário mínimo caiu numa fórmula primária, valendo-se de velhos algarismos e sinais matemáticos batidos.

O movimento sindical reclama do contracheque. Mas também esse pessoal é contra cada coisa!

Por que não mudar logo o nome do salário mínimo para salário ridículo?

É preciso ver beleza até nas coisas mais feias e insignificantes como o seu contracheque, por exemplo.

BAHIA, A INSUSTENTÁVEL LERDEZA DO SER

Sonho de baiano é o coco já vir ralado.

Depois que fica velho, o baiano só usa o siri-mole pra fazer xinxim.

Um dos principais produtos de exportação da Bahia é o sotaque baiano para as novelas da Globo.

O movimento negro da Bahia já está querendo mudar o nome do pelourinho pra peneguinho.

BAIXINHO É O SEU SALÁRIO

Nas anãs o buraco é mais embaixo.

Os anões precisam se unir, nem que seja para alcançar a prateleira de cima.

Anão só fica alto quando enche a cara.

Até os dezoito anos, o anão não existe. Porque anão menor ninguém enxerga.

Anão, quando pede champanhe, usa o balde de gelo como piscina.

Há um mito sobre o tamanho do órgão sexual dos anões. O pau do anão é normal, gente. Anormal é o resto.

BOTA QUE É CU DE MACHO!

Não existe homem que dá quatro sem tirar. Você é que bebeu muito.

Macho mesmo toma supositório por via intravenosa para não dar mole pro azar e acabar gostando.

Homem que usa cabelo preso está querendo chamar atenção pro rabo.

Alguns homens são muito tentadores. Eles tentam, tentam, tentam e não conseguem comer ninguém.

Todo homem tem um desejo inconsciente de voltar ao útero. O problema é que nem toda mulher deixa.

Numa ótica feminina, os homens estão divididos entre aqueles pra quem você não vai dar, aqueles que vão ter que penar pra você dar e aqueles pra quem você é louca pra dar, mas nunca vai conseguir.

BRASIL, PAÍS DO FATURO

O Brasil não conseguiu chegar ao primeiro mundo. A única coisa internacional que passa pelo país é a rota da cocaína.

A imagem do nosso país no exterior está cada vez pior. A situação chegou num tal ponto que não se sabe se o Brasil é feio assim mesmo ou tá chupando limão.

Se os países mais corruptos do mundo fizessem uma fila por ordem de bandalheira não teria ninguém na nossa frente. Mesmo porque o Brasil, apesar de ter acordado tarde e chegado atrasado, já teria passado uma grana pro cara do guichê pra ser atendido primeiro.

Para o Brasil virar o cu do mundo, só faltam as pregas.

O Brasil está mudando. Mas é preciso tomar muito cuidado com a mudança. A galera mistura tudo, quebra os copos e ainda some com o seu poster da Gisele com a bündchen de fora.

As leis no Brasil foram feitas para serem compridas.

No Brasil só a lei da gravidade é respeitada.

Brasil, mame-o ou deixe-o.

A CACHAÇA É A MINHA CACHAÇA

Quem gosta de pé de cana é manicure de delegacia.

Ressaca mesmo devem ter os gênios, que dormem na garrafa.

Bebum é o que vai com muita sede ao porre.

Pior que um bêbado chato, só um chato bêbado.

CALOR NA BACURINHA

Ao contrário de muitos outros astros, o Sol promete chegar ao Rio neste verão e ficar até o Carnaval.

Apesar do calor de quarenta graus, o melhor lance do verão é sempre a praia. Dá pra pegar umas ondas, umas minas, um câncer de pele...

As nossas praias estão muito antipáticas e andam cheias de merda.

Verão é tempo de Sol, cerveja e muita praia. Sol escaldante, cerveja quente e praia lotada.

Férias é que nem sexo no casamento: uma vez por ano e olhe lá!

CÉREBRO, VOCÊ AINDA VAI TER UM

Num período em que os economistas não conseguem controlar os preços, os cornos não conseguem controlar o Ricardão e os jogadores de futebol não conseguem controlar a bola, só resta ao homem tentar o controle da mente.

Sua memória guarda uma série de detalhes da sua vida que você pode utilizar. A menos que o seu sistema nervoso funcione em 220 volts e o seu raciocínio em 110.

O que é meditar? Toda vez que você está na sala de aula pensando em um assunto que não vai cair na prova, você está meditando.

Mesmo que você esteja pensando na calcinha da professora, você está meditando. Agora, se você pensa que ela vai te dar, aí você está delirando.

Na meditação, além dos estados alpha e beta, há o estado analpha, muito usado por alguns jovens.

O pensamento é um poderoso instrumento, permanentemente ao alcance de todos, mesmo quando assistimos às pegadinhas do João Kleber.

Através da concentração, você pode entrar em contato com

uma espécie de inteligência superior, que existe dentro de você, mas está sempre inacessível, inventando uma desculpa para não te ajudar nos deveres de casa.

O controle da mente permite o uso dos neurônios para diversas funções, evitando que a sua cabeça seja considerada terreno improdutivo e acabe invadida por sem-terras.

Apesar da força da mente atuar em todos os campos, o pensamento positivo não salda contas bancárias negativas.

O homem só utiliza 10% da capacidade do cérebro. Os outros 90% ficam voando e só aparecem no fim do mês para pegar o contracheque.

CHEGA DE RODEIO!

NÃO SE FAZ UMA OMELETE, NEM SE MONTA UM CAVALO BRABO SEM QUEBRAR OS OVOS.

O VESTIÁRIO, COM TODA A PEÃOZADA PELADONA, É O ÚNICO LUGAR DO RODEIO ONDE NINGUÉM GRITA: "SEGUUUUURA PEÃO!"

ENQUANTO O BOI BABA, O PEÃO GANHA UMA BABA.

A COISA TÁ AFRODESCENDENTE

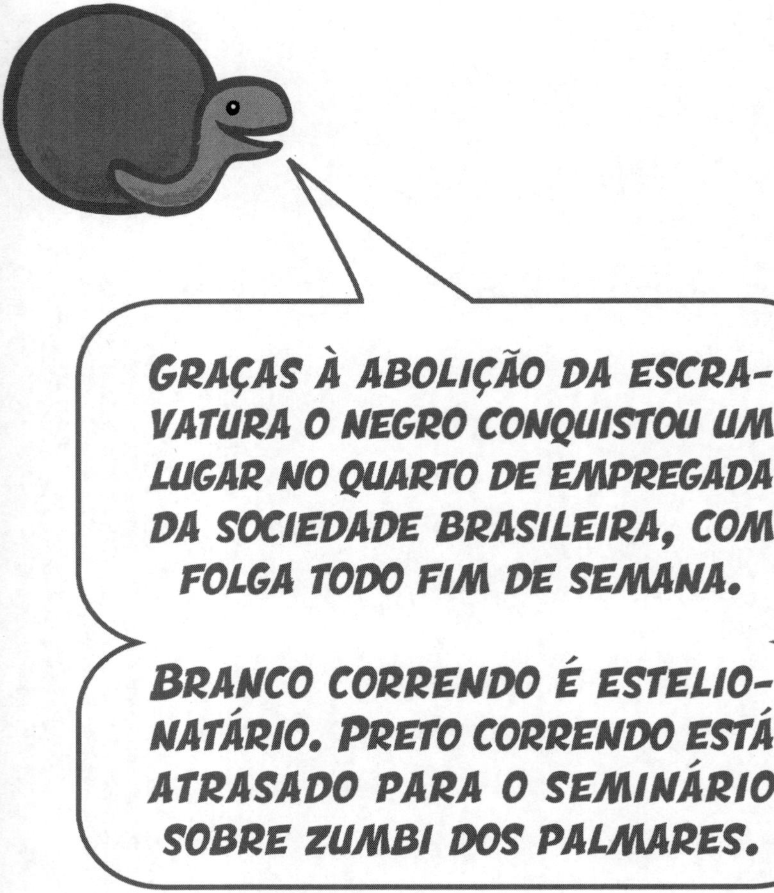
GRAÇAS À ABOLIÇÃO DA ESCRAVATURA O NEGRO CONQUISTOU UM LUGAR NO QUARTO DE EMPREGADA DA SOCIEDADE BRASILEIRA, COM FOLGA TODO FIM DE SEMANA.
BRANCO CORRENDO É ESTELIONATÁRIO. PRETO CORRENDO ESTÁ ATRASADO PARA O SEMINÁRIO SOBRE ZUMBI DOS PALMARES.

COM A BAIONETA NA MÃO

Já tem milico chamando urutu de meu louro.

Militar é igual baiano: tá sempre querendo botar o bloco na rua.

Jovem, se você completou dezoito anos... parabéns!

Todo milico gostaria mesmo é que suas mulheres fossem que nem suas baionetas: caladas.

Para acabar com as drogas, o exército vai ter que subir o morro. Vai ficar, com certeza, milico beleza.

O COMÉRCIO É MUITO COMERCIAL

O JOALHEIRO QUE NUNCA ROUBOU UM CLIENTE QUE ATIRE A PRIMEIRA PEDRA PRECIOSA.

QUEM TRABALHA COM TROUXA É LAVADEIRA.

O FREGUÊS TEM SEMPRE RAZÃO. A NÃO SER QUE A CONTA ESTEJA ERRADA.

O CONTROLE REMOTO É O MELHOR AMIGO DO HOMEM

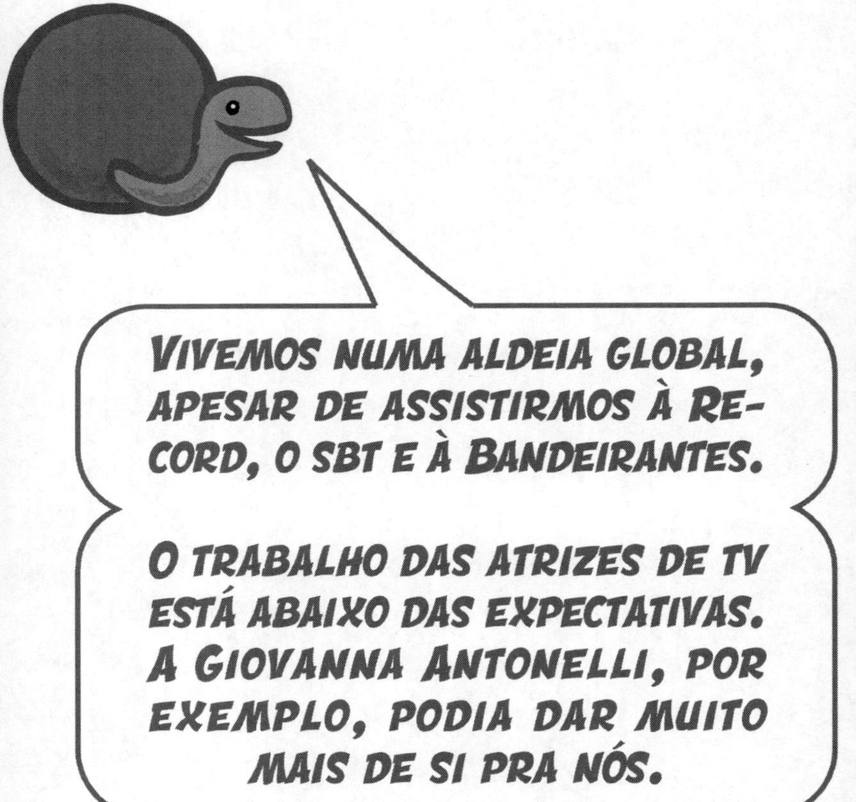
VIVEMOS NUMA ALDEIA GLOBAL, APESAR DE ASSISTIRMOS À RECORD, O SBT E À BANDEIRANTES.
O TRABALHO DAS ATRIZES DE TV ESTÁ ABAIXO DAS EXPECTATIVAS. A GIOVANNA ANTONELLI, POR EXEMPLO, PODIA DAR MUITO MAIS DE SI PRA NÓS.

CRIANÇA, SEGURA NA MINHA E BALANÇA

Os menores estão cada vez mais infantis e se comportam como um bando de crianças.

Enquanto houver um sorriso de criança, sempre haverá um dentista faturando.

Se criança fosse bom, creche não cobrava mensalidade.

No dia da criança tem muito marmanjo por aí dizendo que tem uma criança dentro de si só pra ganhar presente.

Se é verdade que muito adulto ainda traz uma criança dentro de si, o Faustão tem espaço pra carregar uma creche.

DEU PRA PASSAR?

Na hora da prova, a cola não é pra cheirar, é só pra copiar.

Já que eliminar a professora é crime, mate mais aulas.

Nas aulas de educação sexual, a prova oral deve ser eliminatória.

No Brasil só se toca no assunto "educação" quando se fala de colégio eleitoral ou escola de samba. E só se vai ao ginásio quando tem jogo de vôlei.

Muita gente boa se formou na escola da vida. E é só você começar uma conversa para perceber que são todos repetentes.

DITOS DITOS PELO DITINHO*

* (o ditinho é irmão do dito, um amigo meu, você não conhece: não).

A preguiça é a mãe de todos os vices.

Surfista que pensa perde a onda.

Moda é igual a resfriado... pega à toa...

Com as pedras que me atirares ficarei cheio de hematomas.

Atrás do caixão só não vai quem já morreu.

Cristo morreu, Marx morreu e eu mesmo não estou me sentindo muito bem.

Quem vive pelos cantos é bandeirinha.

Coisa passageira é velha americana de férias no Rio.

Tudo já está escrito. A foda é decifrar os garranchos.

Vida longa aos meus inimigos, para que eles vejam de quatro a minha vitória.

DO OIAPOQUE A CHAUÍ

Esse papo de que São Paulo não pode parar é balela. São Paulo tem que parar! Quanto tempo mais o país vai ter que aturar o Chiquinho Scarpa, o Gugu e o João Dória?

O paulista é tão ligado ao seu carro que prefere que roubem a sua mulher.

São Paulo não pode parar. Senão vem um carioca atrás e crau!

Ninguém vai à Roraima, porque fica longe Pacaraima.

Todo gaúcho gosta de tomar na cuia.

No Espírito Santo só tem bombom garoto e cantor perneta.

Sua vida está sem rumo? Você precisa encontrar um norte? Se mude pra Manaus, pra ver o que é bom.

Mineiro é tão conservador que comemora bodas de prata com a amante.

Em Santa Catarina, na tradicional festa da farra do boy, milhares de contínuos são linchados toda vez que chegam atrasados no trabalho.

É ISSO AÍ, BICHO

Os elefantes, quando usam cinto de segurança, sobrevivem às trombadas.

Chega de preconceito contra as baleias e outros animais que só arranjam namorado em fim de festa!

Por que até os cachorros daqui têm que levar uma vida de cão?

Camarão que dorme no ponto, a galera desberlota.

ENRICANDO E ANDANDO

Se o mar não está pra peixe, os ricos estão cagando. Peixe é coisa de pobre, rico gosta é de camarão e lagosta.

Mais importante que a riqueza interior é a riqueza no exterior.

A crise tá braba. Alguns milionários já chegaram ao fundo do poço de petróleo.

Empresário supersticioso não paga 13°.

Patrão também é gente. Patrão também cospe, mija e até caga. Principalmente na sua cabeça.

Os empresários devem preparar os filhos para trabalhar em suas firmas. É um salário a menos a pagar no futuro.

Esses empresários lunáticos vivem mandando os preços pro espaço.

ENTRANDO COM BOLA E TUDO

Para diminuir a violência no futebol, chute no saco só devia ser permitido da cintura pra cima.

Cartola pode até não gostar de futebol, mas adora levar uma bolada.

Pelo amor de Deus, parem com a violência no futebol, senão eu vou aí e dou porrada em todo mundo!

Na famosa epístola aos Coríntios, Jesus Cristo mostrou o cartão vermelho e expulsou os vendilhões do templo. Por ter tomado esta atitude, cristo foi crucificado pela imprensa esportiva.

Maradona não gostava de bater faltas. Vivia pedindo pro Caniggia: "Pô, bate uma aí pra mim!"

Tem goleiro que é tão metido a besta que só aceita engolir frango se for Chester.

A seleção é a pátria de chuteiras, mas alguns treinadores são a pátria de ferraduras.

O homem-gol é um produto do meio de campo.

O único banco de reservas que funciona no Brasil é a casa da moeda.

Torcedor, leve sua sogra ao estádio. De preferência, no meio da torcida adversária.

Ê POVINHO BUNDA!

O brasileiro é um povo muito crédulo e ignorante. Crédulo porque acredita em qualquer coisa que lhe contam. E ignorante por não ter a menor ideia do que quer dizer crédulo.

Só o brasileiro é capaz de acreditar em economistas, em histórias de economistas e, o que é pior: em planos de economistas.

A grande dificuldade dos brasileiros que vão para os Estados Unidos trabalhar de garçom é somar em inglês.

Patriotas em lua de mel se fodem de verde e amarelo.

Com a dura vida que leva, o brasileiro não está mais preocupado em entrar pelo cano e sim em morar lá dentro numa boa, a salvo da chuva.

O brasileiro conhece muito pouco sua língua. Ele só usa a língua corretamente pra fazer safadeza.

Só mesmo uma boa bunda faz o brasileiro parar no sinal vermelho.

ESPORTE? SÓ POR ESPORTE

Os ginastas olímpicos seguram a maior barra.

No voleibol feminino, caiu na rede é peito.

O sonho de muitas modelos europeias que vivem no círculo da Fórmula Um é casar com um piloto. Afinal, quem não quer se arrumar com um motorista milionário que passa os fins de semana fora de casa?

Os lutadores de boxe sempre possuem uma invulgar curiosidade pela mecânica. Eles têm a mania de desmontar objetos e pessoas para ver como são por dentro.

EU DIRIJO.
DEUS ME LIVRE!

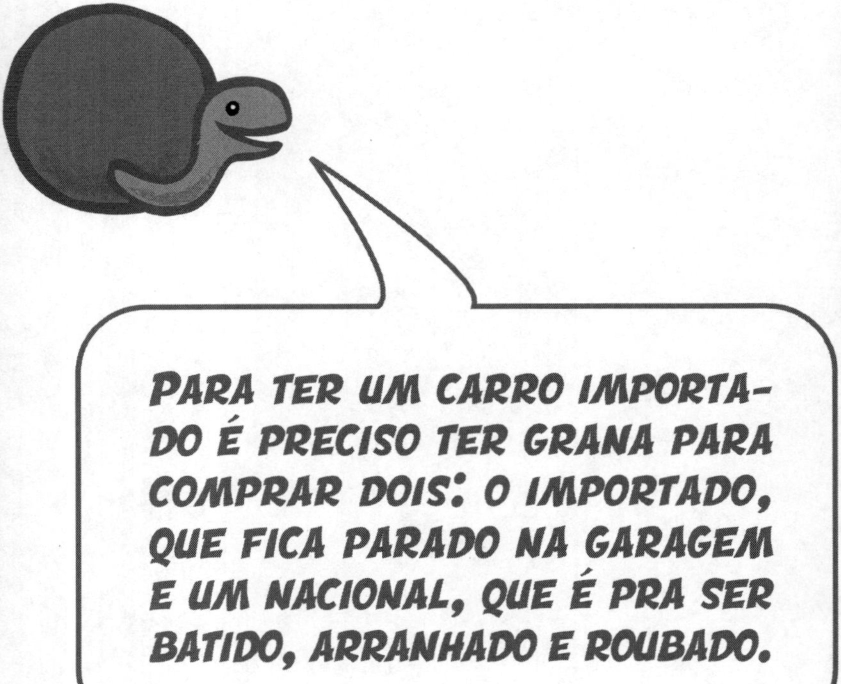
PARA TER UM CARRO IMPORTADO É PRECISO TER GRANA PARA COMPRAR DOIS: O IMPORTADO, QUE FICA PARADO NA GARAGEM E UM NACIONAL, QUE É PRA SER BATIDO, ARRANHADO E ROUBADO.

EUROPA, TUROPAS, ELEROPA

O único escocês honesto é o whisky.

Na música folclórica escocesa se destaca a *Big Band Hundred Pipers*, com cem tocadores de gaita de fole comandados pelo maestro Johnny Walker. A exposição excessiva ao seu som faz com que ele permaneça na sua cabeça por todo o dia seguinte.

A Convenção de Genebra classificou a gaita de fole como instrumento de tortura.

Os pratos típicos da Itália são o carpaccio e o felaccio. Apenas no segundo é considerado falta de etiqueta falar com a boca cheia.

Ah, a França! Você pega um táxi e o motorista é português. Vai almoçar e o restaurante é grego com garçons árabes. Descola uma francesinha e ela é um travesti brasileiro. Será que não tem mais francês nesse país?

Graças à longevidade de suas mulheres, a Suécia passou a adotar como moeda as coroas, que ficavam o dia inteiro circulando pelas ruas e buzinando no ouvido dos outros.
Quem tem bocada vai a Roma.

Ir à Roma e não ver o Papa é o mesmo que ir ao Rio de Janeiro e não ser assaltado.

FAMÍLIA BOA É FAMÍLIA LONGE

O bom de almoço em família é que começa cedo e a gente tem mais tempo para brigar.

Nem sempre as famílias brigam. Só quando estão juntas.

Certas coisas na vida familiar devem ser levadas a sério. Nunca faça um filho nas coxas.

Festa em família todo mundo enche a cara e fica alto, com exceção do nível, que continua baixo.

A adoção de crianças no Brasil é emperrada por uma legislação obsoleta e fora da realidade. Por que não incluem novas formas, como o aluguel e o leasing?

Em vez de reprimir, os pais deveriam entender o que se passa na cabeça dos adolescentes. Essa coisa de "ficar", por exemplo, deve ser encarada com naturalidade. Sempre que sua filha e sua mulher saírem de casa, "fique" com a vizinha.

FUNK YOU

A moda funk chegou pra ficar de vez. E vai conquistar o seu espaço, nem que seja na porrada. Aliás, pensando bem, na porrada vai ser muito mais legal.

No mundo funk, a "galera" é um pessoal que anda junto o tempo todo. Uma espécie de casal, só que mais numeroso.

Num baile funk qualquer um pode falar o que quiser, sem medo de parecer um bundão. Com o som naquela altura, ninguém escuta nada mesmo.

Todo mundo que gosta de funk é revoltado. Como é que alguém pode ficar fechado a noite inteira num clube lotado, suando, ouvindo aquela zoeira toda e não se revoltar?

Os funkeiros são muito perseguidos pela crítica. Sem falar na polícia, que também vai atrás descendo o cacete neles.

A nível psicanalítico, o arrastão estabelece uma relação muito forte entre as pessoas. Nessas horas, é preciso saber se dar mais, entregando tudo que tem.

O arrastão é uma espécie de free shop da bandidagem.

GOVERNAR É ABRIR BOCADAS

É recomendável a troca do ministro dos Transportes a cada 5 mil quilômetros de rodovias roubados.

Enquanto o pessimismo toma conta do país, o ministro da Fazenda aproveita para pegar um cineminha com a patroa.

Governar é abrir estradas e contas na Suíça.

É preciso tomar medidas urgentemente! Chamem um alfaiate, pelo amor de Deus!

HIPPIE, HIPPIE, HURRA!

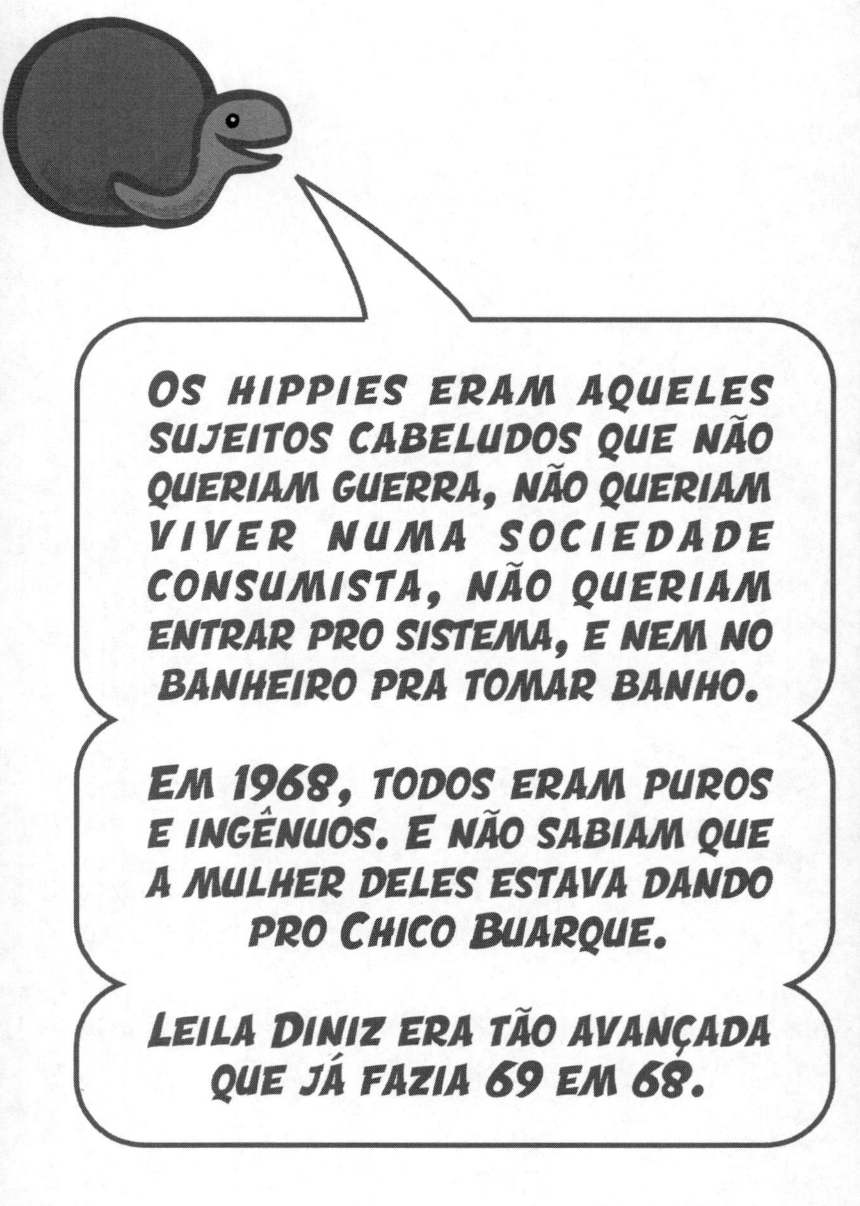
OS HIPPIES ERAM AQUELES SUJEITOS CABELUDOS QUE NÃO QUERIAM GUERRA, NÃO QUERIAM VIVER NUMA SOCIEDADE CONSUMISTA, NÃO QUERIAM ENTRAR PRO SISTEMA, E NEM NO BANHEIRO PRA TOMAR BANHO.
EM 1968, TODOS ERAM PUROS E INGÊNUOS. E NÃO SABIAM QUE A MULHER DELES ESTAVA DANDO PRO CHICO BUARQUE.
LEILA DINIZ ERA TÃO AVANÇADA QUE JÁ FAZIA 69 EM 68.

INVENÇÕES, INVENTOS E OUTRAS NUVIDADES MUDERNAS

O AR CONDICIONADO FOI A PRIMEIRA INVENÇÃO A ESFRIAR AS RELAÇÕES ENTRE OS POVOS.

DEPOIS DO TELEFONE SEM FIO E DO MICROFONE SEM FIO, OS PORTUGUESES INVENTARAM O OB SEM FIO.

JAPÃO: GRANDES EMPRESAS, PEQUENOS NEGÓCIOS

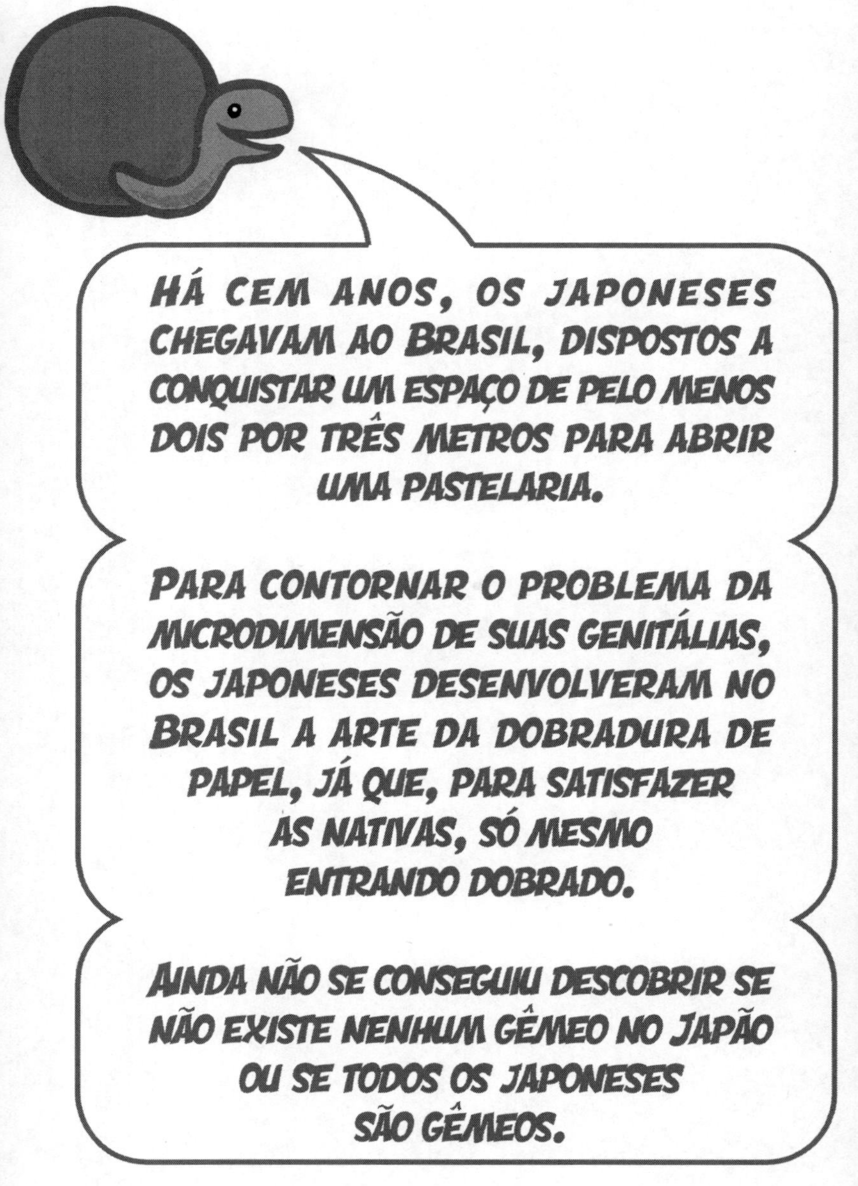
HÁ CEM ANOS, OS JAPONESES CHEGAVAM AO BRASIL, DISPOSTOS A CONQUISTAR UM ESPAÇO DE PELO MENOS DOIS POR TRÊS METROS PARA ABRIR UMA PASTELARIA.
PARA CONTORNAR O PROBLEMA DA MICRODIMENSÃO DE SUAS GENITÁLIAS, OS JAPONESES DESENVOLVERAM NO BRASIL A ARTE DA DOBRADURA DE PAPEL, JÁ QUE, PARA SATISFAZER AS NATIVAS, SÓ MESMO ENTRANDO DOBRADO.
AINDA NÃO SE CONSEGUIU DESCOBRIR SE NÃO EXISTE NENHUM GÊMEO NO JAPÃO OU SE TODOS OS JAPONESES SÃO GÊMEOS.

LATINDO PRA ECONOMIZAR CACHORRO

A competição e o consumismo entre a classe média é de tal ordem que já tem filha reclamando por ser a única da rua que ainda não foi assaltada e que, por isso, ninguém quer namorar com ela.

A luz no fim do túnel é mesmo uma locomotiva. Mas não há razão para pânico. A locomotiva está parada por falta de peças.

Um faminto, hoje em dia, só consegue se nutrir de esperança.

Atravessamos uma crise moral sem precedentes. Ninguém mais sabe o que é certo e o que é errado. E nem tem grana para comprar o gabarito com as respostas.

As famílias de baixa renda são as que mais sofrem com a crise. Algumas delas só saem do buraco quando o proprietário entra com denúncia vazia.

O país está entregue às baratas. E, o que é pior, elas estão em greve, exigindo reposição salarial e um novo plano de carreira.

A crise tá braba. Até os cus estão fazendo bico para inteirar o salário.

A bruxa está solta. E as mocreias também.

Esse ano está com os dias contados. Não passa de dezembro.

Os míopes não estão vendo a atual situação com bons olhos.

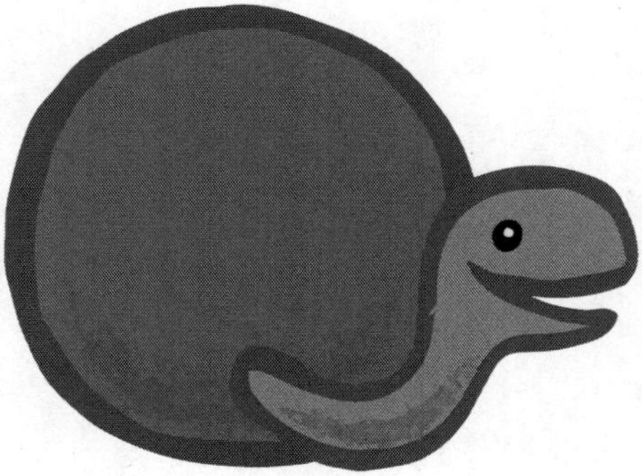

LITERADURA

O poeta José Sarney é um fingidor. Finge tão completamente, que chega a fingir que é escritor, inconstitucionalissimamente.

Livros de autoajuda são aqueles que você compra pensando que está se autoajudando, mas na verdade está autoajudando o autor do livro.

Tem muito escritor analfabeto que não ousa declinar seu nome. Verbo, então, nem pensar.

O Sherlock até que não, mas o Watson era um personagem muito elementar.

LUGAR DE MULHER É NA COISINHA

A única mulher que andou na linha tava levando o almoço do maquinista e o trem matou. Que desgraça familiar, hein?

Mulher de touro é tudo vaca!

Mulher é como automóvel em engarrafamento: passa o dia inteiro buzinando no seu ouvido e, quando você quer, ela não pega.

Tem mulher que vira ecologista só pra botar um galho na cabeça do marido.

O sutiã é uma espécie de óculos para os peitos. Quando os peitos estão olhando pra frente, tudo bem. Mas quando começam a ficar vesgos, é preciso usar o sutiã.

Ainda existem mulheres que quando fazem uma comidinha para o seu namorado torcem para ele gostar. Às vezes torcem o braço, outras vezes torcem o pescoço.

A nova ideologia de gênero está mudando os conceitos da sociedade. Buceta, hoje em dia, não tem sexo!

MÃOS AO ALTO, ISSO É UM PLANALTO!

Brasília revelou-se um lugar místico, esotérico, onde acontecem fenômenos intrigantes. Todo dinheiro que vai pra lá desaparece, e a câmara e o senado vivem cheios de fantasmas.

O clima seco, quase árido, de Brasília obriga seus habitantes a molhar a mão de cinco em cinco minutos.

Brasília é uma espécie de Niterói. Só que sem as esquinas e a vista pro Rio.

Definitivamente Brasília não é o cu do mundo. É só uma réplica muito bem-feita.

MATA O VÉIO

A TERCEIRA DENTIÇÃO É A QUE FICA.

NOS AVÓS, A ÚNICA COISA AVANÇADA É A IDADE.

A FILA É O HABITAT NATURAL DO APOSENTADO.

MEDICINA NÃO TEM REMÉDIO

Existe mais coisas entre o céu e a terra do que supositório a nossa vã filosofia.

O Ministério da Saúde adverte: doença faz mal à saúde.

O exame de fezes é uma merda.

Os tranquilizantes são remédios tão inofensivos e sem graça que chegam a dar sono.

Se a medicina é um sacerdócio, os médicos deviam ser solteiros. Que porra é essa de sacerdote casado?

Se você quer se abrir com alguém, procure um bom proctologista.

A proctologia tem feito milagres na cura de certas doenças de fundo nervoso.

A vida do proctologista é um cu.

Aquele proctologista era apenas um medicozinho.

Meu corpo me pertence. Mas ainda não acabei de pagar

Meu corpo é todo definido. Já defini que vai ser essa merda mesmo.

Algumas mulheres têm o corpo escultural, mas o escultor era da escola surrealista.

A maneira mais fácil de ficar com o corpo malhado é contrair vitiligo.

Quem gosta de beleza interior é decorador e gastroenterologista.

Descobrir a beleza interior é importante, mas entrar no interior da beleza é muito melhor.

Vendo meu corpo. Motivo: viagem.

MIAMI-O OU DEIXE-O

Miami é a única cidade brasileira que fica no primeiro mundo e a única cidade americana que fica no terceiro mundo.

O Brasil tem dois tipos de retirantes. Os retirantes pobres, que se retiram do Nordeste e vão pro Sul, e os retirantes ricos, que retiram todo o dinheiro do banco e vão pra Miami.

Em Miami, o turista brasileiro prefere comprar nas lojas onde se fala português para poder ser enganado em sua própria língua.

MULTIDÃO, MUVUCA, GALERA E OUTROS PORRILHÕES DE GENTE

EXISTEM TRÊS MOTIVOS PARA UMA MULTIDÃO SE FORMAR: VER O QUE ESTÁ ACONTECENDO, TENTAR VER O QUE ESTÁ ACONTECENDO E PERGUNTAR PRA QUEM ESTÁ TENTANDO VER O QUE ESTÁ ACONTECENDO, O QUE ESTÁ ACONTECENDO.

PARTICIPAR DE UMA MULTIDÃO NÃO É PARA QUALQUER UM. É PRECISO REFLEXOS RÁPIDOS, JOGO DE CINTURA E FALTA DO QUE FAZER.

PARA SE METER NUMA MULTIDÃO, É PRECISO NÃO PENSAR DUAS VEZES. ALIÁS, PENSANDO BEM, É PRECISO NÃO PENSAR.

NÃO FAZ MAL, NÃO FAZ MAL, LIMPA COM JORNAL

Muitos profissionais começam no jornalismo como garrafeiros, vendendo e comprando jornais velhos. Depois de vencer na carreira, eles passam a comprar e vender apenas jornais novos.

Como arauto da verdade, o jornalista deve prestar atenção aos fatos, analisar a notícia, checar bem as fontes e só então ver quanto ele consegue descolar por aquela informação.

Chateaubriand, o grande nome de nossa imprensa, acabou desgostoso com o jornalismo, abandonou a profissão e resolveu virar filé.

O diploma de jornalismo não é totalmente inútil. Plastificado dá um ótimo jogo americano para refeições ligeiras.

NEM FREUD NEM SAI DE CIMA

Os únicos seres humanos que resolvem seus problemas com um psicanalista são os vendedores de divã.

Esse seu negócio de querer ganhar dinheiro não seria apenas uma negação da sua pobritude?

Inconsciente coletivo é um ônibus desgovernado dirigido por um motorista bêbado que cheirou quatro quilos de cocaína.

Os jovens que não são problemáticos costumam dar muito problema mais tarde.

O problema de ficar assistindo vídeo pornográfico é a inveja do pênis.

PELA DEMARCAÇÃO DO PROGRAMA DE ÍNDIO!

O brasileiro é muito desinformado sobre os índios, que só conhece de ver nos desfiles do Cacique de Ramos.

O termo "índio" foi invenção dos portugueses. Ao chegarem aqui, os portugueses pensavam que tinham chegado na Índia. Só que, nesse caso, não teriam se deparado com uma população de índios e sim de hindus, estabelecendo desde logo, não fossem eles portugueses, uma enorme confusão.

Em suas reservas, os índios circulam à vontade, de camiseta, sandália havaiana e com o pinto de fora, que é para ver se atraem alguma antropóloga.

Por que os índios têm que ficar sempre na reserva? Dá tranquilamente para eles pegarem uma vaga de titular no Botafogo ou no Fluminense.

Na cultura indígena a prática da homossexualidade é desconhecida, muito embora seja comum a prática da sodomia entre os homens do mesmo sexo, mas somente com fins de procriação.

O Quarup é uma cerimônia em que os índios aprenderam num livro do Antonio Callado e resolveram incorporar à sua cultura.

No artesanato, os índios costumam fazer peneiras e esteiras de palha trançada, que eles vendem para o homem branco. Com o dinheiro, compram esteiras e peneiras de plástico, que são mais duráveis.

Depois de ser comido pelos índios Caetés, o bispo Sardinha foi comido pelos índios Caetés.

PENSAMENTOS QUE NÃO VALEM A PENA SEREM PENSADOS

Há muitos incógnitos que não ousam dizer seu nome.

Na natureza nada se cria, tudo se transtorna.

H_2O, H_2O... Até a água já caiu numa fórmula.

No fundo, no fundo, a gente acaba morrendo afogado!

O bingo é uma espécie do jogo do bicho com um só bicho: o pato.

Certas coisas estão no sangue. Hepatite, por exemplo.

A Antártida tem a mais incrível vida noturna do mundo. Dura seis meses.

A palavra medo não existe no meu dicionário! Nem a palavra medusa, nem medula, nem meeira. arrancaram a porra da página do meu dicionário!

Quem transmite a maior energia é fio desencapado.

A América Latina é a maior África.
Em casa de turco, os tapetes e os cheques são voadores.

Tudo já foi feito. Tudo já foi dito. Mas sempre na hora errada.

O PLANO É BOM, MAS A SCARLETT JOHANSSON É MELHOR

Não adianta os economistas insistirem. O único lugar onde congelamento deu certo foi nos polos.

Reserva de mercado é tomate em fim de feira.

Já que a gente vai continuar morrendo numa grana, por que a casa da moeda não lança logo uma nota de falecimento?

Há dez anos uma dona de casa com cem dólares conseguia encher um carrinho de supermercado com produtos de primeira necessidade. Hoje, com a mesma grana, ela só consegue levar um nabo.

No novo Brasil temos que repensar o papel dos economistas. Por que não reuni-los, e mandar todos... quem sabe... talvez... para a puta que os pariu!

No México, o dinheiro adotado foi o peso, num misto de plano econômico e programa de educação física.

PODEROSA,
NECESSÁRIA,
ABSOLUTA!

NÃO EXISTE PROFISSIONAL MAIS TRABALHADOR E CRIATIVO QUE O CARNAVALESCO. ELE FAZ TODOS AQUELES FIGURINOS DE ESCOLA DE SAMBA COM UM PAU NAS COSTAS.

DRAGS. TÔ FORA!

PARA BOM ENTENDIDO, MEIA PIROCA BASTA.

POLIÇAS, TIRAS, MEGANHAS E OUTRAS OTORIDADES

POLICIAL, AO VER UMA MULHER NO VOLANTE FAZENDO MERDA, LEMBRE-SE: QUEM AMA NÃO MULTA.

PM SÓ DÁ BATIDA QUANDO ENFIA O CAMBURÃO NO POSTE.

POLICIAL HONESTO É COMO ÁCARO. TODO MUNDO SABE QUE EXISTE, MAS NINGUÉM NUNCA VIU UM.

POLÍTICA, POLÍTICOS E DEPUTARIAS EM GERAL

Alfabetize um político antes que ele vire presidente.

Político compra até voto de boas festas.

Os políticos matam o trabalho com requintes de crueldade. Para tal crime, só mesmo a pena capital: morar em Brasília.

Democracia é que nem carro: tem que estar sempre atualizando o modelo.

O congresso é a casa do povo. O difícil é despejar os atuais inquilinos.

O congresso é a casa do corno.

Vida de filho de deputado é pegar onda no Havaí e contracheque em Brasília.

A nova safra de políticos promete. E também não cumpre.

O que é que os empreiteiros não pedem chorando que os parlamentares não fazem sorrindo?

A comissão de defesa do consumidor alerta: ao comprar um deputado, verifique se o mandato está no prazo de validade.

A câmara dos deputados é um território mítico/ onírico, onde se materializa o desejo primitivo introjetado em milhões de brasileiros: ganhar dinheiro sem ter que trabalhar.

Contrariando a opinião geral de que o povo não se interessa por política, milhões de cidadãos têm se mobilizado para desligar a TV no horário eleitoral gratuito.

Deputados gays conquistam seu eleitorado com boquete de urna.

Nas eleições, os espíritas costumam votar em candidatos de centro.

É linda a festa da democracia. São milhões de brasileiros unidos num único pensamento: "Lá vem a porra do horário eleitoral novamente!".

Quando o candidato está na frente das pesquisas, até absorvente íntimo adere à sua campanha.

Tem político que é tão supersticioso que usa quatro ferraduras para dar sorte.

É tudo psicológico. Alguns políticos têm problemas que só

fraude explica.

Assim como Deus, candidato em campanha está em toda parte.

O país sofre um grande desfalque quando não elege algumas velhas raposas da política. Mas quando elege, o desfalque é bem maior.

O grande problema dos nossos parlamentares é que eles só querem legislar em casa própria.

O maior partido brasileiro ainda é o MDEIBEM.

O POPSTAR? NÃO, FOI PAUL MCCARTNEY NO CORREIO

John Lennon era um inglês típico. Só trocou de mulher quando encontrou outra mais feia.

Apesar de japonesa, Yoko Ono ficou conhecida como o dragão chinês.

Todo astro pop internacional decadente sonha em vir ao Brasil e fazer dois shows. Um em Buenos Aires e outro em Montevidéu.

Diarreia em astro da música pop é a única hora em que ele faz uma merda que não vende 5 milhões de cópias.

Se tivessem nascido no Brasil, os Jackson Five teriam virado ala mirim de escola de samba.

Michael Jackson percebeu que não era mais negro no dia em que o porteiro da sua mansão parou de obrigá-lo a entrar pela porta dos fundos.

Aos oito anos, Jimmy Hendrix "ganhou" sua primeira guitarra. Mas assim que o dono da guitarra descobriu encheu ele de porrada.

No mundo pulsante do Rock'n Roll existem os revoltadinhos

e os que querem encher o rabo de dinheiro. Ambos acabam enchendo o rabo de dinheiro.

Kurt Cobain, o ex-líder do Nirvana, morreu enforcado no seu próprio vômito.

O POVO UNIDO TEM UM CECÊ FUDIDO!

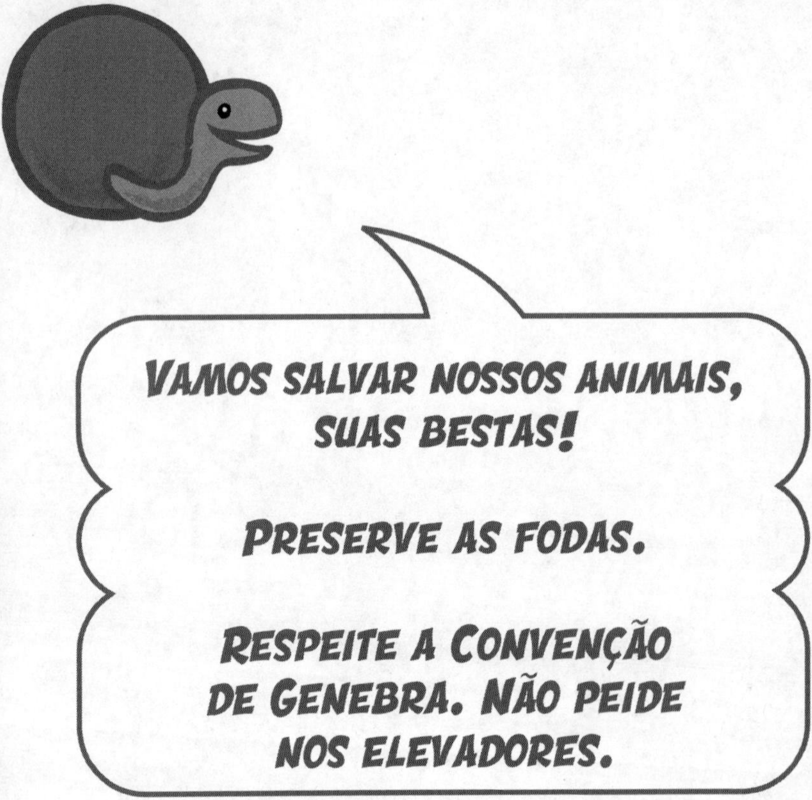
Vamos salvar nossos animais, suas bestas!
Preserve as fodas.
Respeite a Convenção de Genebra. Não peide nos elevadores.

PUNHETA,
FAZENDO
JUSTIÇA COM
AS PRÓPRIAS
MÃOS.

Não se envergonhe da sua condição de punheteiro. Brade aos quatro cantos do mundo: "Eu toco punheta!" Todos lhe saudarão numa só voz: "E quanto você cobra?"

O onanista sabe que não adianta chorar sobre o leite derramado.

Antigamente os jovens se masturbavam. Hoje fazem sexo acústico.

A mulher é mais avançada que o homem até na masturbação. Enquanto no homem a masturbação é manual, na mulher é digital.

Para um punheteiro, pior que ficar sem pai nem mãe é ficar sem pau nem mão.

QUEIMANDO O FILME

Os grandes mitos do cinema não são apenas frutos da nossa imaginação. São seres com vida própria e, às vezes, imprópria.

Como dizem os impotentes: cinema é a maior diversão.

Educador rígido, na casa do Woody Allen, dez horas é hora de criança estar na cama. Na dele.

A nova safra de cineastas brasileiros vem causando sensação... Sensação de desconforto, incômodo e vontade de procurar outro cinema.

Os críticos consideram o trabalho dos cineastas de vanguarda fundamental por ser essencialmente estimulante. Café também é estimulante e ninguém fica por aí fazendo resenha sobre a influência do café solúvel na dissolução dos valores estéticos pós-modernos.

QUEM DÁ AOS POBRES EMPRESTA... ADEUS!

Pobre quando come galinha, um dos dois está a perigo.

O pobre é um animal onívoro, que come tudo o que vê pela frente. E, o que é pior, de boca aberta.

Não importa em que lugar do mundo esteja, o pobre sempre mora longe.

Alegria de pobre é bater com o carro do patrão.

QUEM DÁ TOQUE É GINECOLOGISTA

Não pense demais na sua vida. Você não tem tempo a perder com bobagens.

Nunca diga "dessa água não beberei". Principalmente se você não sabe nadar.

Relaxa... Einstein também vivia cheio de problemas.

Não é de bom tom comer de perna aberta.

Para quem já morreu, não fica nada bem comer capim pela raiz de boca aberta.

Faça como o Roberto Carlos: nunca comece o dia com o pé esquerdo.

Não passe as noites em claro. Apague a luz e economize energia.

Nunca deixe um desconhecido entrar em contato profundo com o seu eu. Principalmente por trás.

Esteja sempre pronto a oferecer aos corações solitários o apoio e o conforto de um pau amigo.

Não dê valor excessivo ao dinheiro, já que você não tem mesmo.

Adquira hábitos mais saudáveis, como correr dos credores todas as manhãs.

Procure se alimentar com produtos naturais e básicos, como a água, o ar e a terra.

Beba menos e só vomite socialmente.

Relaxe, aproveite a vida e não dê tanta importância ao trabalho: arrume um emprego público.

Dedique-se um pouco mais a você mesmo. Leve você ao cinema. Depois a um jantar, a uma boate e, quem sabe, no fim de noite, leve você para um motel e foda-se.

Numa festa a rigor o homem deve usar camisinha social.

Dispa-se dos seus preconceitos... aproveita e vai tirando a calcinha também.

Prove a esse bando de invejosos que você não é um bunda-mole. Deixe a turma dar uma apalpada.

Se conselho fosse bom, não se dava, se roubava.
Conselho é que nem cu. Você pode até pedir, mas o outro dá se quiser.

RELAÇÕES A DOIS, A TRÊS E ATRÁS

Marido a álcool. Você ainda vai aturar o bafo de um!

A vida extraconjugal também pode ser vivida fora do casamento.

Diferentemente do sarampo e da catapora, as núpcias são uma doença contraída apenas pelos adultos.

Quando você se casa com uma mulher que já tem filhos, você deve criá-los como se fossem seus próprios filhos da puta.

Quando a mulher resolve botar o casamento em cheque, não sobra nada na conta conjunta.

Ao contrário da crise do estado brasileiro, todo casamento um dia chega ao fim.

Eles são adúlteros, eles que se desentendam.

Desde que o mundo é mundo, o ser humano vive à procura de seu par, sua cara-metade, sua alma gêmea, enfim, de um mané para rachar as contas.

Não adianta dizer que mata, que esfola, que dá tiro. Na hora H o corno sempre abaixa a cabeça. Abaixa a cabeça pra entrar no ônibus, abaixa a cabeça pra passar no túnel...

RIO, CIDADE CALAMITOSA

Vamos ocupar as terras improdutivas das grandes cidades como o Rio. A começar pelo círculo central do Maracanã, onde não se cria nada há muito tempo.

A violência no Rio não existe. Isso é bala que botam na cabeça do povo.

Nos morros cariocas organizam-se quadrilhas mesmo fora da época de São João.

Nos dias de alegria e confraternização, os traficantes cariocas distribuem balas à população carente.

Nem tudo no Rio de Janeiro é uma zona. Tem também a bagunça e o desmando.

No Rio, organizado só o crime.

O traficante carioca obedece a apenas um código de honra: ou mato ou morro. Ou seja: ou se esconde no mato, ou se esconde no morro.

SE LEONARDO DA VINCI, POR QUE EU NÃO POSSO DAR DOIS?

Precisamos acabar com esse vício mortal que são as drogas mal pesadas.

A situação das drogas no Brasil não está cheirando bem. Tão misturando pó de mármore no sacolé.

Cem gramas de maconha já está custando mil e lá vai fumaça!

Se droga fosse ruim se chamava "dentista".

Adote um traficante antes que a polícia o faça.

O SER HUMANO É UM SER MUITO HUMANO

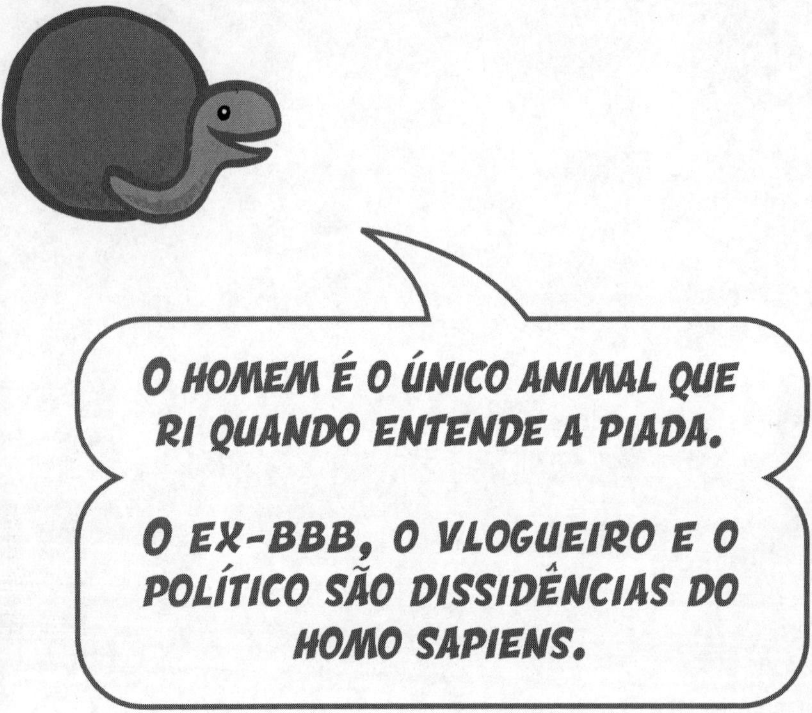
O HOMEM É O ÚNICO ANIMAL QUE RI QUANDO ENTENDE A PIADA.
O EX-BBB, O VLOGUEIRO E O POLÍTICO SÃO DISSIDÊNCIAS DO HOMO SAPIENS.

SE SOLTA, VOCÊ ESTÁ MUITO PRESO!

O sistema carcerário desumaniza o ser humano. Nas solitárias, por exemplo, não há mais diálogo.

Pro bicheiro, vale o escroto.

A inveja é a arma dos incompetentes. Como os nossos traficantes não são invejosos nem incompetentes, eles preferem usar AR-15, submetralhadoras Uzi e escopetas com cano serrado.

A crise se alastrou até o crime organizado. Já não se pode contratar nem um matador de aluguel. O preço de um assassinato está pela hora da morte.

Por que os presos vivem querendo fugir dos seus problemas?

A menor penitenciária que se conhece é farda de PM: só cabe um ladrão.

O cavaquinho foi concebido para que bandido algemado pudesse tocar violão.

SEXO É FODA

Ajoelhou, tem que chupar.

As grávidas que o digam: a primeira camisinha a gente sempre esquece.

Tara mesmo é fazer sexo grupal a sós.

A ejaculação precoce era conhecida na antiguidade como mal que mela.

O ejaculador precoce é um sujeito que quer tirar o pau da forca.

Ao contrário da cocaína, as bundas não são dadas de bandeja.

Meu lugar preferido para transar é numa mulher deserta.

A cu dado não se olham as pregas.

Antes de serem atendidos, os fregueses das massagistas aguardam na sala de esperma.

A virgindade só deve ser mantida até a primeira relação.

Símbolo fálico é o caralho!

A mulher que só transa com travesti é lésbica?

Um homem que chupa o próprio pênis e enfia o próprio pênis no próprio ânus é homossexual?

Uma travesti operada arrependida, que reimplantou um pênis de plástico para enrabar uma mulher é lésbica?

O pai dos espermatozoides é um escroto.

Os espermatozoides ficam muito felizes quando chegam ao útero. O lugar de onde eles vieram era um saco!

SIRI-MOLE E RAPADURA

O sertanejo é, antes de tudo, uma dupla.

O nordestino tem muitos filhos porque é retirante. Retirante e colocante, retirante e colocante, retirante e colocante...

Desafio é quando dois repentistas nordestinos se encontram em praça pública pra fazer rima com a mãe do outro.

Alagoas não fica no Nordeste. Fica no faroeste.

O folclore de Pernambuco é muito rico. Deve ser porque não paga imposto de renda.

Uma embarcação típica do Ceará é a jangada. Mas o transporte mais utilizado é a jogada, muito usada na pesca do roubá-lo.

Existe muita discriminação contra os nordestinos. Mas também, tem uns paraíbas cearenses que vivem fazendo baianada. Pô, parece sergipano!

SÓ É GORDO QUEM COME

O spa é um ritmo dietético jamaicano.

Os gordos são, por natureza, tímidos e não gostam de aparecer. Mas com aquele barrigão estufado pra fora da camisa, isso é impossível.

Não ligue se todos vivem fazendo piadas e tentando te rebaixar só porque você é gordo. Lembre-se: você é muito maior do que isso tudo.

Como dizia o ex-marido da gorda: Volta Redonda!

Não é de bom tom perguntar a obesidade de uma mulher.

TAMOS AÍ NESSA MAMATA

Não devemos generalizar. Afinal, tem muita gente honesta envolvida na corrupção.

Se te oferecerem algum suborno, não revide. Aja com humildade e ofereça o outro bolso.

A corrupção é como a homossexualidade: tem o ativo e o passivo.

Saber receber é um dom. O corrupto elegante mesmo não recebe em casa. Prefere receber na Suíça, que é muito mais chique e discreto.

Corrupto quando morre vai para o paraíso fiscal.

Corrupto é foda. A gente molha a mão, ele quer logo que molhe o braço.

Todo homem tem seu preço. E tem um monte que tá em promoção.

O problema das autoridades corruptas não é a omissão, é a comissão.

TUDO QUE VOCÊ QUERIA SABER SOBRE DINHEIRO, MAS NUNCA TEVE GRANA PRA PAGAR

Pense sempre nos dois lados da moeda: ambos não valem nada.

O dinheiro está para os homens assim como o orgasmo para as mulheres: todas vivem atrás dele e, quando ele vem, nunca acham suficiente.

Dinheiro, dinheiro, dinheiro... todos só falam em dinheiro, mas ninguém quer saber de onde ele veio e, principalmente, como é que ele já acabou.

O nosso dinheiro não vale mais nada. Os milionários já estão acendendo seus charutos com cartão de crédito.

Com o advento do dinheiro, a humanidade abandonou o sistema de troca, com exceção dos decoradores, antiquários e cabeleireiros, que já sempre foram adeptos do troca-troca.

Se os pássaros voam, por que os cheques não podem voar?

Se o seu problema é dinheiro procure-nos hoje mesmo para chorarmos um no ombro do outro.

Tempo é dinheiro. Meu salário, por exemplo, dura onze minutos, trinta e dois segundos e quarenta e três centésimos.

TURISMO É MAIOR VIAGEM

Conheça o seu interior. Sai bem mais em conta que uma passagem para Miami, sem falar nas comodidades de não carregar bagagem, não precisar de visto no passaporte e muito menos esconder os dólares na barriga.

Quem gosta de viajar e tem oportunidade para tal, já deve ter notado que a comida dos aviões é digna de nota. Nota zero.

A turista brasileira prefere carregar quinze sacolas a uma mala. Mala, só o marido.

USOU SAIA E NÃO É PADRE, TÔ COMENDO!

A última a transar na sacristia é mulher do padre.

Todo mundo reverencia os reis magos. Mas, cá pra nós, você acreditaria em três caras que te contassem que iam atrás de uma estrela pra dar uns presentes pro filho de uma virgem?

A grande vantagem do Papa é ser o único homem do planeta que pode peidar à vontade na capela sistina.

O que Bach queria dizer exatamente quando compôs "jesus, alegria dos homens"?

A carreira de padre é um sacerdócio.

Rex é meu pastor e nada me faltará, porque ele toma conta da casa direitinho.

A igreja condena a sodomia, mas nada fala sobre a gomorria.

Meu marido é pastor e nada vai faltar lá em casa.

Pode vir crente que eu estou fervendo!

O Papa não aprova o sexo antes do casamento. Nem depois.

No princípio eram as trevas, o caos, a matéria desagregada, a energia diluída, a pulverização cósmica... Até que era uma boa...

VAI TOMAR NA CUT

Para o sindicalismo de resultados dar certo é preciso comprar pelo menos um placar eletrônico.

O sindicalismo brasileiro é muito rude e primário. Os caras não têm nenhuma classe trabalhadora.

Metalúrgico não Ford nem sai de cima.

Alguns sindicalistas são favoráveis ao arrocho. Desde que se tomem medidas para disfarçar as marcas no pescoço.

VALE A PENA VERDE NOVO

Com tanta discussão, fórum, debate e mesa redonda, a Amazônia já devia ter sido promovida a culhão do mundo.

Preserve a natureza e a sua mão. A masturbação destrói a camada de ozônio.

Ecologista, jogue um verde para colher uma madura.

Aquele papo brabo de endereço do cachorrinho não cola mais. Na cantada politicamente correta, o lance é perguntar qual o WhatsApp do mico-leão-dourado dela.

Para o movimento ambiental do eco-comedor, tudo na natureza é importante, desde que use saia e faça sombra.

Não à caça desenfreada de jaburus! Vamos combater a queimada de filme.

A fundação mata é virgem porque a fundação vento é fresco.

Ecologistas que não ousam dizer seus nomes vêm doando fundos com segundas intenções e terceiros olhos.

No mato, não use a bandeira da ecologia para limpar a bunda.

As melhores fontes alternativas de energia são caracu com ovo, amendoim e ovo de codorna.

Onde há fumaça, havia uma Mata Atlântica.

VOA, FUNCIONÁRIO, VOA!

O empreguismo no setor público já está gerando aberrações. Outro dia em Brasília, a mulher de um deputado deu à luz um bebê com duas cabeças e três empregos.

No período escolar, o futuro funcionário público sempre tem dificuldades com os testes orais. A qualquer pergunta da professora, ele se limita a dizer: a sra. leia, se informe direitinho e depois volte aqui.

O funcionário público nunca está sozinho. São sempre pelo menos dois fazendo a mesma coisa: nada.

Relógio de repartição pública, noiva e menstruação de grávida estão sempre atrasados.

Leia outros livros do Casseta & Planeta publicados pela UBK Publishing House:

As melhores piadas do planeta... e do casseta também!;

Grande livro de pensamentos de Casseta & Planeta